全国中学生

优秀诗歌作品选 第三季

龚学敏 向克坚 主编

成都时代出版社
CHENGDU TIMES PRESS

图书在版编目（CIP）数据

全国中学生优秀诗歌作品选 . 第三季 / 龚学敏，向克坚主编 . -- 成都： 成都时代出版社， 2018.6

ISBN 978-7-5464-2102-5

Ⅰ . ①全… Ⅱ . ①龚… ②向… Ⅲ . ①诗集－中国－当代 Ⅳ . ① I227

中国版本图书馆 CIP 数据核字（2018）第 111158 号

全国中学生优秀诗歌作品选 第三季
QUANGUO ZHONGXUESHENG YOUXIU SHIGE ZUOPINXUAN DISANJI

龚学敏 向克坚 主编

出 品 人 石碧川
责任编辑 李卫平
责任校对 李 佳
装帧设计 修远文化
责任印制 唐莹莹

出版发行 成都时代出版社
电 话 （028）86742352（编辑部）
　　　　 （028）86615250（发行部）
网 址 www.chengdusd.com
印 刷 四川金邦印务有限公司
规 格 130mm×205mm
印 张 5.75
字 数 100 千
版 次 2018 年 6 月第 1 版
印 次 2018 年 6 月第 1 次印刷
印 数 6000
书 号 ISBN 978-7-5464-2102-5
定 价 32.00 元

让青春像诗一样美丽

曹纪祖

　　青春是多梦的年龄，青春是如花的岁月。而钟情于美好的生活，感怀于诗与远方，那是多么幸福。

　　诗歌是美好的，它就潜藏在我们的内心。当我们夸赞美好事物的时候，我们常说"有诗意"。古往今来，无数优秀的诗歌，陶冶着我们的性情，装点着我们的人生。继承中华民族优秀文化传统，深入我们的内心世界，感应我们的时代与丰富的现实生活，我们于诗情有独钟。而当代意义的"诗教"，已是素质教育不可或缺的内容。

　　作为全国影响力最大的诗歌刊物之一，《星星》诗刊历来重视青少年诗人的培养。组织诗歌夏令营，开辟青年诗人专栏，开展诗歌进校园系列活动，举办诗歌讲座等，不仅对诗歌创作薪火相传做出了现实的努力，而且打开了诗的未来空间。与之相应，四川省优质教育促进会的各个学校，早已认识到素质教育的重要性与迫切性，把培养学生的写作能力和综合素质摆在重要位置，把诗歌进校园作为引领学生走向未来的必修课程。《全国中学生优秀诗歌作品选》正是在这样的共识中产生的。

现在，这个选集已出到第三季，不仅仅局限于四川，而是面向全国。我们希望它成为一个品牌，一种示范，一个标识，积淀为时间的文化记忆。我们认为：想象力比学识更重要，情怀比智商更宝贵。人的综合素质的提高与人的价值的全面实现，才是社会发展的最终指向。

翻阅学生们的习作，我们感受到青春的活力与激情，感受到真善美与文字的奇妙。莘莘学子在学好各门功课的同时，努力提高写作能力，在心意释怀中眼望远方，让青春像诗一样美丽，使我们感到无比欣慰。

创作是不容易的，正如一位选稿的老师所言——要把丰富的想象，华丽的辞藻，独特的艺术气息一句一句地装进诗歌的寥寥数语之中，堪比国画中的工笔，细微之处见真章。他看到"也有许多同学的作品拘泥于诗歌的形，而忽略了表达的情"。他的感受，或可成为同学们学习诗歌创作的参考。

诗是什么？无数人试图回答这个问题而终不能。我们毋须探究，只须感悟。个性思想与个性情感，无疑是诗的灵魂。古人讲，诗有六艺焉，曰风雅颂，曰赋比兴。这是值得我们学习和借鉴的。而不拘一格，我手写我心，出以真实，发乎真情，尊重汉语言的内在规律又能在继承中求新求变，敢于创造与突破，是与我们青春的怀疑精神一致的。掌握了这个辩证法，我们或许就掌握住了诗的机杼。

愿同学们以自己的生活为基础，以自己的个性特征与情感方式表达，写出色调不同的优秀作品，让青春的绚烂在诗的园圃中美丽绽放。

曹纪祖，四川成都人。毕业于四川师范大学中文系。中国作家协会第七届、第八届全国委员会委员，现为名誉委员。原四川省作家协会副主席兼秘书长，现为名誉副主席。一级作家。代表作品有《批评与思考：中国新时期诗歌》等。作品获得四川省文艺评论奖一等奖、四川文学奖、《四川日报》文学奖、全省报纸副刊好作品一等奖等。曾担任第四届、第五届鲁迅文学奖评委。

目 录

第一辑 昙花开处有芬芳

第二辑　金黄的树林里分出两条路

第三辑 梧桐树下的朗读者

第四辑　横渡时光的船

第一辑　昙花开处有芬芳

锈 刀

李文彬

刀挂在拆迁了的墙上
同灰尘一起生锈

你总能在夜里听到铁片轻鸣
看见曾祖母擦拭完锈迹
又舞上一剑
像是曾祖父的遗语

刀埋在坟里
所有上坟的日子都下着雨
野草长在石头上
长在字上
长在铁片上

你总能在夜里听见铁片轻鸣

你永不懂得

这诡异的氛围

这弥漫的孤独

与死人的疑问

所有人都去上坟

只有三岁大的孩子感到凝重气氛

硬挤出两滴泪

铁片永会轻鸣

交缠着黑夜里旋转的疾风

飞向巴颜喀拉的雪顶

掠过帕米尔高原盛开的朝阳

曾祖母面对月亮缓缓低吟

那声音交融于刀尖上站立的锈迹

锈迹映照着火红的太阳

（李文彬：安徽省阜阳一中高三24班）

银杏语

陆上花开

我是一棵银杏树
人们喜欢看我的新衣
我也喜欢看人们看我

可是突然有一天晚上
倾盆大雨逼我褪去了衣裳
那遍地的雨水
却无法映出天边的月亮

后来，人们就不看我了
但我仍然是我
所以，明年我还会来

（陆上花开：常德芷兰学校高二）

雨落听雨声

程慧如

我在南方与北隔绝
海风吹拂的是不一样的凌厉
风声带走谁的思念

我不明白生命存在的意义
生命正是因为活着延续

所有平凡中的向往
就像春天的露水汲取阳光一样
虽然窗外没有下雪
可我的心里早已经是冬天

（程慧如：衢州二中高三10班）

故乡·旧居

赵祎延

今天，我终于站在你的面前
你是那么熟悉却又陌生
也许是因为你坐落在我的故乡
你的存在就如同梦幻
忽明，忽暗

今天，我终于看清楚
你湖面上的每一闪波光
你琉璃瓦上的每一颗水滴
你石阶上的每一条细纹
你木柱上的每一丝痕迹

我现在踏过的每一寸土地

看着你的红墙碧瓦

看着你被时光磨平的棱角

你好像变了，变得明亮

在时光中

绽放独特光芒

（赵祎延：南京师范大学附属中学 IB 国际文凭项目部 2016 级 3 班）

躬行楼远望

张 玲

远方的黑布上,
绣着几点黄白星儿;
柔波似的夜风,
把那花香荡上半空;
少年,从堆叠的书墨中抬首,
仰望着没有月光的远方。

稀落的星儿晃晃悠悠,仿佛
下一次忽闪,就要让黑夜融蚀。
少年高高地伸手,
欲将这微光握在手掌,
但能抓到的,只是夜的残躯。

对面灯火通明的窗，框着一个个
鲜嫩的梦。
那些伏案低首的少年啊，
心中不能没有梦。
现实的重担，压在
稚嫩的肩头，
扛，
他们必须用了劲地扛！

夜空迷茫，花香
也使人昏醉。
纵使这星光邈远，少年仍将它
沉入深眸，照在心海。

（张玲：山东省桓台第一中学 2015 级 22 班）

岛

罗沙绪

如果　一个人的回忆

像远方静静的一片海

那么　海中央的孤岛

是哈森你的歌

忽近忽远

肆意撩拨我的心弦

梦中吹来故乡的风

还有那盘旋的纸鸢

月光如水浸润漆黑的夜

微弱的灯光摇曳

我看不清你的脸

逆着汹涌人潮

相拥在那哈森的岛

（罗沙绪：成都市田家炳中学高一1班）

你在南极

武玥潞

妈妈说

住在南极的人很幸福

因为情话会在出口的瞬间

被冻成冰块

虚假的语言再骗不了女孩

爱的行动只能在家里进行

用门前的冰块去烧汤

用天上的雪花做婚纱

浪漫致极——

酒配红烛

咖啡配冰

（武玥潞：四川双流县棠湖中学）

我把春天弄丢了

白海飞

春天，曾是我蓬勃的童年
现在长大了，春天也来了
童年，却丢了

丢在村南的小水渠里
和鱼，和蛙，一起被填埋
还有小树林里的哨声
也就是那几年
哨子被一条水泥路压住
再也响不出声来

土坯房檐下常来的几只燕子
也丢了，连同参差不齐的老堡墙
脚印，手印，都被吹平了

还有

土炕里的柴，弹弓包里的石子

那时候没有大玻璃，才肆意射鸟

至于炕，也被刨了

现在的床可经不起翻跟头

太小，太软，还不暖和

粗糙的玻璃珠进洞了

再不会拾出

缺角的卡牌也辨不清人物

前几年，当柴烧了

这些，我——是丢了

可现在的小朋友们的童年

也丢了

（白海飞：广灵一中）

蝶

倪婧玮

他们偷偷靠近
欲撕去我的羽翼
在夕阳的金色余晖下
我张开翅儿
就此远走高飞

在风中跌跌撞撞
终未遇见心中的门
夜幕就要降临
却接触到了刚绽放的花蕊
虽已精疲力竭
可仿佛迎来黎明

背离鳞次栉比的高楼

被大雨淋湿

内心也如此坦然

这次

终于来到了内心的彼岸

（倪婧玮：上海市卢湾高级中学高三4班。指导老师：程至）

风的轻吟浅唱

傅于桐

风在阳光中
轻吟浅唱
蔷薇爬上枝梢

孤独的鸟儿
飞向远方
独自寻找一只
吻着花的蝶

少女在风中喃喃说道
不想长大

（傅于桐：福建省宁德市第十中学初一8班）

灵魂在火车上呼啸而过

郭子琪

我家附近有着隐于地平线的火车轨道
只有夜晚世界噤声的时候
呼啸的声音
才预示着他的存在

我喜欢火车经过的声音
像是染着人世烟尘味的雷鸣
遥远
却又不疏离

我喜欢火车经过的声音
混杂着千万里之外风雨的凉意
陌生

却又似乎熟悉

我喜欢火车经过的声音
记录着又铭记着
童年的枕上梦话
窗外夜色迷蒙
映衬橘红色灯光好看的剪影

如果可以
不要让火车听见哭泣
昼夜不息的喧嚣声
在一刹那沉寂

（郭子琪：大庆市铁人中学三年级6班）

彼岸花

李宁津

还记得，
那是一株
淡然开放的彼岸花。
伫立在那里，
那遥不可及的南极之巅。

我在黑暗中摸索，摸索
在迷人的尘世中探寻，探寻

那遥不可及的南极之巅上，
留下了我跌落谷底后
深沉的脚印。
亦留下了，

我在迷路时悲痛的叹息。

悲痛之后，
想象未来会一片光明。
我站在南极之巅，
用我的双手，
将那株彼岸花
悄无声息地摘取。

那时，天气晴朗。
你的微笑如痴如醉。

（李宁津：库尔勒市第三中学）

萤火虫说

梁　毅

当山谷沉寂于夜色
浓雾笼罩林间
萤火虫说：疲惫的旅人啊
我来了，用我的光
为你引路

那火把上的火焰
嘲笑着我的微弱
一阵风吹来，它熄灭了
吹过山间的风鼓起了我的翅膀
我在青草的叶尖跳着舞
要飞过静默的暗夜去迎接日出

不羡慕烟花的炫目
不攀缘云朵的高度
我是光，在枝叶间闪亮
疲惫的旅人啊，跟我来吧
让我用快乐
为你引路

（梁毅：广东省珠海市文园中学初三2班）

小　船

乔　暖

我在雾里看春风，
爱在春风里看你，
我用希望
汇成一条长长的小溪，
将心愿和思念折的
每一只小船放在小溪里，
我要这小溪流进大海，
带着我的小船，一直到你心里。

（乔暖：信丰二中高三 19 班）

绿意·眷

王思婉

停顿间，六月的雨飞旋至窗前
引领着的是一如我初见的温和柔绵
我听很多阿婆讲过
没有任何一种植物是无拘于生命之期的
那么，蒲公英呢？
如果说这人间的缱绻是它的本命
那么重生的光明就是相约在天之涯
共话风之音
凝眸间，六月的色彩铺展至我眼前
你问六月是什么色的
或许，红得那般妖媚，绿得那般青翠
蓝得那般柔情，黄得那般炫美
又一次听闻那样平俗的言说

那么，仙人掌呢？
湿润的土壤曾经度给了它成长
它却又在干涸的沙漠中播种出了希望

转首间，六月的梦田浮现至我眼边
一滴水落入了江水的眸
月光依旧，长衣皱
你猜不到，绿意满盈的田园其实并不遥远
而后，苍山洱海，不见其踪
哪一夜，香气迎袖
其实是它渡船寻索找到了归处
回望间，六月的记忆碰撞至我耳边
用轻柔的声音吐露着季节的物语

我想用文字镌刻

无奈书几章也书不完

遍赏清荷，花开无言，总也是

道不明

绿意，眷

（王思婉：沈阳市第 36 中学高三 6 班）

看 见

刘星雨

千百辆车掠过后流浪街头的人
千万盏灯熄灭后脱去面具的人
天空中灰色的哀愁
还有墙缝中滑腻的气味

夜里地底下阴冷的呼吸
沉重的　极缓的
还有白日里黯淡的目光
麻木的　平庸的

我还看见了一个他
提着精美的沉甸甸的箱子
到了那个拐角　没入黑暗
然后看见
扑通一声在凌晨炸开了灰色的花

（刘星雨：重庆市涪陵区实验中学 2019 级 6 班）

我是一片柳絮

倪楚妍

我是一片柳絮
一出生便没有了爹妈
漂泊是我一生的宿命
大自然告诉我
要四海为家

我是一片柳絮
孤独使我害怕
于是我就与春风结成了兄弟
我追着他跑
他吹着我转
带我走遍海角天涯

我是一片柳絮

终于有一天

春风离我而去

在我落在大地上的那一刻

没有来得及与他说再见

我知道

从此以后

我再也没有兄弟

我是一片柳絮

我会在大地上生根发芽

长成一棵参天的柳树

多年后

春风，你还会记得我吗

（倪楚妍：浙江杭州学军中学紫金港校区高一5班）

海，在窗外

宋丽萍

你晚上到我梦里来
我总想看见你

打开窗户
听见了你与海鸥戏玩
辗转
你弄湿了我的枕头

上课时你的小手敲了敲
我总想看见你

我打开窗
腥潮的味道晕染了我的笔记

惊忙抬头

瞥到讲台上的戒尺

瑟瑟着

我关上了窗

海，还在枕头里

（宋丽萍：山东莒南县一中高二15班）

时光过深，我们尚浅

陶淦泉

我不期待花开
却铭记过花落
微光中晕起她的笑影
整颗心脏
就会像是从很遥远的梦中
突然惊醒

（陶淦泉：贺州市钟山中学 2016 级 14 班）

乡 曲

田泽华

土地伸出蘑菇小足
天在落泪后示弱
又亲近了一步
又近了一步
枫木上都飘着碎散了的梦
眯缝就看见彩虹
幸好眼中还剩一点雾
黏住我和这里的
是童年的牛皮糖
如今在我鞋底却不再可惜
池塘小了
我鞋码没大
却容不下我挂满签证的脚丫

它是那么嫌弃
却唤不出一两声脆鸣的蛙

小纸篓破了
小姑娘走了
我的思想
没逃出夏日瓜地营帐
所有不自由的开始流浪
小鱼吃了，大鱼送人了
小蝴蝶送人了，大蝴蝶
飞了
大鱼它还是那么胖
蝴蝶翅膀上挂着铁丝网

（田泽华：上海市七宝中学高三3班）

跟着月亮走

钟紫佳

走在星空下的林间，
此时什么也不想，
闭上眼，
聆听月光洒下来。

你会发觉月亮是
这夜给你的唯一的安慰。
就这样，什么也不想，
悄悄跟着它找到回家的光亮。

（钟紫佳：重庆市丰都县职业教育中心计算机专业高二1班）

北京路

姚泽涛

羊城的历史成就了
步行街——北京路
我们会聚于此
轻柔的乐曲一步步将我们引入夜的底部
看着两千年岁月的遗迹
当时是多么繁华
一路我们哼着歌
欢快也只是笑而不答
像那天际脉脉含情的星星
在北京路上
在羊城的历史里
让心灵在大街上徘徊
看着亲切的街道

如同我前世结交的知己一般

繁华而不喧嚣

在北京路的情怀

深情如同恋人一般

琳琅满目的商店

该选购一种愉快的心境

北京路

在羊城心灵最深的地方

漫漫的远方

而你一直都在前方

（姚泽涛：汕头市潮阳恩溢学校高三5班）

幸 福

朱可豫

幸福，
它是长在脑袋上的芨芨草。
爬着黑色的蚯蚓像我黑色的头发，
努力地燃烧。
烧不断那一枝花，
摇身变成彩色的鱼，
跃进迷宫。

幸福，
我把它写下来。
可真漂亮！
窗外！窗外！
她在招手，
笑得像是凡尔纳海里的歌，
发丝揉在焰火斑斓里。

（朱可豫：华东师范大学附属双语学校）

暖 阳

张 婧

摘下一条阳光的脉络
编织成细细的发绳
绕上青丝
是绿柳间轻扬的芬芳

莫要问湖畔的忧伤
和着心底的泥泞
也总有阳光附着尘埃归来
升起湖心的袅袅

风筝的线总是牵起惆怅
迎着风奔跑
道不出的缠绕
绵成了暖光流淌

沐浴着阳光

弦上的歌谣弹唱

不见了悲伤

晴朗最逍遥

（张婧：江苏省通州高级中学高二20班。指导老师：曹耀华）

邮 差

张 硕

清风是个邮差
我把情书烧成炊烟
托它捎给远方的你

小溪是个邮差
我把思念折成纸船
托它带给彼岸的你

月亮是个邮差
你把微笑印在上面
每晚升起在我的小窗前

我多么希望

希望我也是个邮差

我会为你送去久远的问候

顺便偷偷，看你一眼

（张硕：安徽省阜南一中 14 级 25 班）

致大海

林江合

我想你了
我想念你的发鬓
你的眉梢
你太久不给我写信了

我整个身体
以涨潮的速度
干涸在素白的木船上

好在我的心
还在跳动　还在跳动
它亲切地带来海鸥的讯息
还有那
久违的涛声

（林江合：海口市琼山区海南中学高一2班）

雨停的清晨

王艺卓

撑一把印有丁香的伞
伞骨作针
阳光作线
缝一只小小的船

蘸上青色
在船舷写一阕短小的词
顺风驶向淡蓝的天

阳光温暖着
你的脸庞
黑夜，被驱赶到远方
指上闪烁的

不是钻戒，是信仰
目光中流露的
不是愤怒，是渴望

一朵朵
血染的花
悄然绽放

（王艺卓：高碑店市一中高一）

白 马

周立晨非

等枯了风花
等黯了雪月
我唯剩叹息
指缝终是没能困住你

（周立晨非：重庆市万州二中高 2019 级 24 班）

初冬的秋叶

孙慧玉

握握手吧　在这
即将告别的时刻　收好
锤炼了一生的警句
按住——
按住梦的心跳

即使没有风也要鼓掌
把死亡　把胆怯　吓跑
用恨舒展爱的翅膀

记住最初的诺言
回头再把大地举起
明年我还会回来昂首枝头

此时只说：谢谢！

（孙慧玉：山东省齐河县第一中学高三）

刻　印

蒋冰杰

比死亡更陌生
比废墟更完整

那份未知的苦涩
终将离你而去

流过的是水声
旋转的是指针

钟表内部
仅留下青春的刻印

（蒋冰杰：重庆大足城南中学高 2019 级 8 班）

第二辑　金黄的树林里分出两条路

米粥的味道

黄 浩

故乡的轮廓愈显模糊
米粥的味道却愈显清晰

甘洌的泉水从上游流向下游
流经青石板
流经翠树根
静静地，流淌着
只能听见血液从血管
像这溪流，流经全身

金黄的稻谷因太阳
变得灿烂
从禾苗到米粥的全过程

只有爷爷的汗水，奶奶的期盼
哪怕只有一粒米
做出的也有整个稻野的味道
舀一碗米，盛一瓢水
就连木柴也是傍着稻田而生
煮在锅里，急在心里
奶奶告诉我，米粥急不得
抱着我去看
落日天边际，蝉吟伴蛙鸣

米粥等待爷爷的归来
碗边结起了一层米油
一碗下肚
我似乎听见了
水声、蛙声、爷爷的吆喝声

我好像见到了
那个能让我在梦中哭诉的地方

离开了故乡
没有奶奶的米粥
我饿了快四年

现在
我要重新找回久别的味道
去买一袋大米，和着用不完的自来水
依旧如故地满怀期待
一勺入肚
味道早已不是从前
粥里充满了汞和漂白粉的味道
我的谷香、蛙声

我的故乡

城市的味道一遍又一遍地腐蚀我的味蕾
而我只能满含着泪水
望向那个能让我哭诉的地方

（黄浩：巴中市第三中学高一8班）

倔　强

—— 致母亲

李妍慧

一

你眼睛很黯
仿佛万花丛间，一朵深渊色
你整个人迅速变小
像秋天声音逐渐细弱
的蛩。冬阳下老猫的斑
以及从漫天飞舞
到枯倦寂寥的
蝶。叶。只会微微颤抖

远方与往昔大雾弥漫
家乡岚烟缭绕。它们躺着

从你渐疏的鬓角淡去
慢慢变白
整个世界仿佛彷徨地急切地
呼唤，响彻：
"你老了啊。"

二

我记得你笑
犹如我记得这人生的种种幸福
——仍然年轻，如此惊心

当你脸上工笔的诗意
如潮悉数而退
空余生活磨难

于是我也许知道，是你
一直在蚕食你

我们省去了太多对白
省得两人之间
横亘冬春，寂寞无声
大片空白的沉默堆积天际
然后地裂山崩。我们相隔更远
修不好那长桥，一直

正如我们的背离
跋山涉水的代价是成长
啃食辽阔的孤独
小时候向我走来——
我向你飞奔，你眉眼弯弯

纵身，挂在你脖上，如一株紫藤
向你倾诉，爱以及爱

然后梦醒

多么迫不及待的坚强

三

请求我自己一意孤行
制造许多风雨大作的夜晚只为拥你入怀
完成世间最后一对天使的聚首

以后
便换我来守护你
不计前嫌

（李妍慧：重庆市第十一中学校高 2019 级 2 班 ）

丁酉年的初雪

——纪念余光中先生

蒋瑞轩

丁酉年的初雪
降临在了这同往常别无二致的清晨
天未破晓，黎明还没有叫醒黑夜
走在路上，天就很自然地飘起了雪
"初雪"二字闪过脑海
我对初雪有着格外浓厚且特别的情感
记忆里清晰地浮现出几年前在雪中漫步的情景
那时活得简单，还是个白衬衫般的少年
分不清什么是阴郁，什么是明朗
辨不清什么是孤独，什么是忧伤
不爱读书的人，看到这雪
想到的是，我望眼欲穿，看我看不到的你
天真又简单地认为初雪是 12 月的奇迹
带给我日后的好运气
听着心里触动的熟悉的旋律

像混着烟气和寒冷味道的风
像风里那青灰色的十字楼
给我的还是初见时的心动
岁月，不曾抹去一点点附在上面的回忆
当我从窗户里向外眺去
大地雾般笼上了一层白色的纱
偶有几只灰黑色的喜鹊掠过
寒冷与洁白叠加在一起
让这个世界更加肃穆
眼前浮现余光中先生的诗
若逢新雪初霁，满月当空
下面平铺着皓影，上面流转着亮银
而你带笑地向我步来，月色与雪色之间
你是第三种绝色。眼前突现一人影
在这没有脚印的雪地里向我走来
笑声清脆，步履轻盈

似是故人雪中归，愿此归来永不回，
但知天命人难改，请君一饮尽此杯
我拿起桌上的杯子，目光洒在窗外
故人已不在，消失于热水蒸腾的雾气里
诗意盎然，让我听不到周遭的喧闹
先生去世，丁酉年初雪，雪中吟诵《绝色》
像是一场不期而遇的相会
90 岁的老人安详地闭上了双眼
在这个初雪的清晨
他会去哪儿呢？会不会回到台湾
会不会回到母亲的坟旁
会不会回到他绣口吐出的半个盛唐
我不得而知
但我觉得，老诗人与我，是有些缘分的

（蒋瑞轩：山东省临清市一中 2016 级 18 班 ）

夜慢慢

郭子畅

小巷深深，脚步声随月光嗒嗒走远
我们庄重地凝视着星星

感叹它在夜色里，在繁华中
在时间的齿轮里，走得很慢

这是一种父亲的忧虑。比如
他告诉我不要爱上停顿，因为
夜慢慢

（郭子畅：河南省西平县高中高二 5 班）

近在天边

张皓月

日复一日，年复一年
能留下来的时间越来越短
天色将晚，夕阳渐淡
我只能离开，尽管带着遗憾
后视镜里是你送别时迟迟不愿走开的身影
在小小的画幅里逐渐缩成一个黑点
我一直盯着那黑点
直到车子拐弯
直到我的双眼塞满泪水什么也看不见

恍惚中我仍是垂髫
我嚣张恣意地享受你的一切
你倾心细腻地关怀我的所有

我曾是公主，只肆意张扬在你的世界

时光荏苒
你已年过八十
我无法预料会有什么不好的事情突然发生
我只能尽我所能
为你多做一点，再多一点

望着你
岁月的沟壑爬到你的脸上
高耸的鼻梁仍坚持着站岗
深深的眼窝里散播着亮光
昏黄的灯光下

我们对视着
我看到你的嘴角微微上扬

无妨
纵使岁月无情
可它却赋予了我可以保护你的力量
我知道你的肩膀再负担不了我的哀伤
但是我的翅膀虽小
或许可以为你遮挡一次海浪
为你驱散一些冰凉

夜色逐渐蔓延
村庄渐行渐远

眨眼

已在城市的灯火通明间

我手执照片

定格的那一瞬间

是再普通不过的冬日庭院

只是那个远远站着的老头，怎么笑得那么灿烂

把冬日染得那么斑斓

我或许会走得很远

甚至可能是你的天边

但我知道我们间的所有距离

永远都不会遥远

（张皓月：天津市南开中学高一3班）

父亲的目光

赵梦圆

小时候
父亲的目光满是慈爱和温暖
里面藏着好多动听的故事哟
像磁石般有着巨大的魔力
吸引我天天赖在他怀里撒娇
那时目光里藏着好多故事的父亲
是我向小伙伴们炫耀的骄傲

开始上学后
父亲的目光满是严厉和希冀
那上面长了会飞的翅膀吗
不管我做错了什么事
还是脑筋不小心拐了个弯儿

总是逃不过他的法眼
逼得我想方设法和他藏猫猫
那时目光里长了翅膀的父亲
是阻挡我追求自由的碉堡

现在啊
父亲的目光里满是信任和鼓励
里面是一个宝藏，生长着好多金点子呢
无论我遇到挫折、遭受委屈
还是成绩波动、情绪低迷
父亲都能像变戏法似的
逗我开心，给我自信
如今目光里生长着金点子的父亲

是我青春路上的向导

父亲的目光啊
是一部值得我毕生阅读的书
我人生的每一步都要从中汲取智慧和力量
在他希冀的目光里扬帆远航
驶向一个又一个崭新的理想目标

（赵梦圆：山东省沂水县第一中学 2015 级 45 班）

岳阳楼小记

纪开元

为这座名楼，走了一千二百公里
爸爸的虔诚膜拜
又温习了他童年的语文书

三百六十八字的《岳阳楼记》
妈妈的诵读，惊艳了
范仲淹、滕子京
先忧后乐的文人家国情怀

八百里洞庭湖水
三千年动人传说
游人如织，车水马龙
像是东吴鲁肃阅军点将的喧嚣

周瑜酷哥，小乔美眉
分不清小燕子和孙尚香
是妹妹戏说林志玲和三国的电影趣语

我，只在意
楼前那对远古的石狮，嘴里
巴陵烟雨和千年烽火洗礼的石球
直到一家人催我放手
也没得到
那能转动的圆润石球

（纪开元：东莞市东华初级中学初一年级127班。指导老师：马莹琳）

夜

许馨怡

月亮把夜空
当作一块蓝幽幽的磨刀石
磨亮了镰刀
它就要去收割
像麦粒一样的
疏星了

（许馨怡：重庆大足城南中学初 2018 级 21 班）

第三辑　梧桐树下的朗读者

突然想起你

姚嘉祺

伫立在孤独的路灯下，
看蜗牛在草丛间，缓缓地爬。
突然想起你，
曾把这些笨拙的小生灵养在书桌里，
时不时地窥探，
直到老师把你叫起。

徘徊于迷茫的人群中，
看霓虹在城市里招摇地闪烁。
突然想起你，
曾用那般缤纷的色彩填满雪白的纸，
就算衣袖已染上斑斓，
也毫不在意。

淹没在漆黑的空气里，
听歌声在街道旁，悠悠地响起。
突然想起你，
曾以如此温暖的声音拥抱灰暗的日子，
眼里永远闪耀着信仰，
任凭乐声散尽。

我离开爬着蜗牛的草丛，
躲避闪着霓虹的城市，
捂住回荡歌声的双耳。
总想忘记你，
可为什么，仰起头来，
眼前依旧有你。

（姚嘉祺：东北师范大学附属中学高一23班。指导老师：潘晓娟）

活在心底的北极星

曹城华

雨夜的街
向上望
是看不见的黑暗
埋没在时间的流

那挥动的手
被遗落在身后

有一颗北极星
亮在我心里，它一直在闪烁
闪烁着年华

听得见的是指针转动嘀嗒
有一颗明亮的北极星
永远活在我心底

（曹城华：成都嘉祥外国语学校锦江校区高 2017 级 4 班）

梧桐树下的朗读者

王子博

小时候，
青葱的梧桐树下，
你坐在椅子上，
我站在你身旁，
静静地听着你的朗读。

长大些，
挺拔的梧桐迎风而立，
我站在树下，
你坐在我身旁，
静静地听着我的朗读。

长大后，

粗壮的梧桐树在风雨中低吟，
就像现在的我，
站在树下，静静地为你朗读，
而你却在地下
静静地听着。

（王子博：合肥滨湖寿春中学高一14班）

风 雨

张雨杨

风雨来时
瓦色的天
直直地跌落了
摔在钢筋水泥上
溅开的
是马车走过的
旧时弄堂悠长的时光

老人站在窗前举笔写字
阳台上的花
红的像要化的胭脂

孩子推门进来

边大喊好冷好冷

边去拾掇火盆里的木炭

红红的火光盛开在孩子明如月牙的脸上

老人停了笔向外望

纸上写着

且和平心事

欲梅欲雪天时

（张雨杨：达州市第一中学高 2017 级 7 班。指导老师：杜丽蓉）

夜

刘奕麟

伴随着日落
渐渐地，渐渐地
她来了

田野中
一场宏大的音乐晚会
在夜的笼罩下
开始了

蛐蛐那动听的歌声
蝉儿那洪亮的演奏声
把这宁静的夜奏响了

森林中
一场华丽的灯火舞会
在夜的扮衬下
开始了

蝴蝶那婀娜的身姿
萤火虫那优美的舞姿
让这羞涩的夜起舞了

夜
伴随着日出
渐渐地，渐渐地
她走了

（刘奕麟：攀枝花市三中高 2020 届 13 班。指导老师：王建会）

你不要不相信

刘思妍

我刚刚跌了一跤，
你不要不相信
这是一只蚂蚁绊倒了我。

天上的白云变成了乌云，
你不要不相信
这是太阳的墨水瓶洒了。

门口的枫树开始落叶了，
你不要不相信
凶手是一盘西红柿炒鸡蛋。

小白兔嫁给了向日葵，

你不要不相信

媒人是绊倒我的那只蚂蚁。

（刘思妍：黑龙江省鹤岗市第二中学初一6班）

花非花，亦如梦

周夕茜

花非花，如雾亦闪电；

雾非雾，似水流年。

木芙蓉，绽放她最美的姿态；

风铃草，那"丁零，丁零"的声音渐渐向我走近。

春天的雨，

夏天的阳光，

秋天的落叶，

冬天的雪，你曾经是否拥有过这样美好的事物？

滴答，滴答，

时间如流水般逝去。

而我们，

仿佛停留在一个梦里。

（周夕茜：成都七中实验学校初一8班。指导老师：夏锐锋）

蜜般青春

程靖芮

彩虹尾端的空气
我们隐藏的回忆
一个是一缕弯弯的潮汐
一个是一串歪歪扭扭的脚印

辗转上岸的距离
七种色彩，绽放的过去
颜色绚丽的连衣裙
被人用水粉画在白纸上
窗边的蜡梅书写着青春的美丽
易碎的雨滴敲打着绵密的过去
屋内的氤氲水气发酵着以往的回忆

我倾倒而出
那与青春有关的橙黄的过去
那些青春挥洒的肆意的美丽
芬芳，满地

（程靖芮：成都嘉祥外国语学校达州分校初二3班。指导老师：顾亚平）

黑夜深处

李钰雯

一个人躺在夜幕下的草原
只有草尖拂过我耳畔
天边是狼群荧绿的双眼
野性的呼唤催促我在夜色中向前

一个人坐在夜幕下的海边
听浪花拍打沙滩
海燕如月光下的骑士
立在礁石上暗自低语

一个人漫步夜幕下的花园
黄莺浅唱最后的恋歌
今夜玫瑰是带刺的女王

她的葬礼依然风华绝代

风挟着夜色将我包围
我的双眼望见光年之外

（李钰雯：成都嘉祥外国语学校北城分校高 2017 级 1 班）

镜　子

俞思桐

你在里面，痴痴地看着我，

我在外面，疑惑地望着你。

我试图贴近你那温柔的脸，不料却触到冰冷的面；

你试图让我感受你的温暖，不料伸手却无法碰触。

我们彼此望着，不愿打破此刻宁静。

我们从没想过，不敢想过：

我们之间，

有一面镜子

（俞思桐：成都嘉祥外国语学校锦江校区初一 12 班）

我是一支黑色的笔

袁敏婕

我要把小妹妹的牙齿涂黑，
让她变成笑掉牙的老奶奶；
我要把白天鹅的羽毛涂黑，
让它醒来以为自己变成了乌鸦。
但是，但是，这些都算不了什么，
我最伟大的杰作，
是将干旱地区的云彩涂黑，
让雨水汇成清澈的小溪。

于是我看到了人们的笑容，
对自己以前的所作所为无比后悔。
于是我钻进了白色颜料，
将全身染得像雪花般白。

我将老奶奶的牙齿涂白，
让她重新恢复微笑；
我将黑乌鸦的羽毛涂白，
让它醒来认为自己已成为天鹅。

于是我被磨光了，
在笑容永驻间，
我成了一支白色的笔。

（袁敏婕：上海市张江集团学校初一2班）

致老师

王好影

在灯火葳蕤处寻一方安稳。
灯火是你，
柔了心痂，暖了年少轻狂的伤。
若将青春比作明月，
你定是深深秋水，
盛满我的盈盈月光。

倘若思念可随锦瑟弹唱，
且让宫商代替锦书入你梦乡，
愿你梦中有繁花飘落，
有笛声，有月光。

也愿你在晨夕暮旦中岁月静好，

我也会在落英缤纷处为你祈祷。

虔诚祈祷你容颜婍嫕，

聪慧如昔。

（王好影：滑县第六高级中学高一 18 班）

若你在梦中

宋倩

我期待梦，不切实际的梦也好
只要你在梦中

若你在梦中，我一定只看得到你
看不到你身后的冰天雪地
感受不到寒风凛冽的无情
因为你是梦中的太阳，给我海市蜃楼的温暖也好

若你在梦中，我一定只看得到你
看不到你身后的人头攒动
感受不到人山人海的拥挤
因为你是梦中的满月，给我昙花一现的沉醉也好

若你在梦中，我一定只看得到你
看不到你身后的无边海洋
感受不到孤独无依的绝望
因为你是梦中的彼岸，给我黯淡无光的希望也好

我渴望梦，虚无缥缈的梦也好
只要你在梦中

纵使下一秒你的容颜在我的思绪中灰飞烟灭
我也会默默地，紧紧地拥抱这一秒的时光

（宋倩：成飞中学高中。指导老师：何明凤）

走在月亮里

郭　甜

我知道总有一天

我会被偷袭

下雨天嗒嗒的高跟鞋声

已悄悄溜进画里

可我　还等着去解救

倒三角建筑里藏着的魂灵

把它放进渔网里

往深蓝处丢去

我知道总有一天

我会被偷袭

不用峰回路转的藏匿

还是早早地　去取　星海里

我那还未完成的秘密

（郭甜：湖北省仙桃一中文学社办公室）

雁

刘司寒

秋风紧了
话也凉了
雁的一生很有味道

掠过一些人，一些事
掠过很远的诗赋
雁老去的那天
就在双眼沸腾之时煮盐

九月近了
窗外开始有雁的味道
乘着雁羽至故乡
雁背上

银杏叶与红杉果

有七年前的味道

雁

目中煮盐的咸

没过两座陌生村庄

是我一双黑眼睛

看盐碱地里的枯树根

盘了一圈又一圈

（刘司寒：济南市实验初中八年级 1 班。指导老师：张伟）

问

尹蓓琳

当春花缄默成了秋叶
是否会
有人葬这一树枯黄
当时光湮于你的发梢
是否会
有人为你拂去这一生苍凉

（尹蓓琳：绵阳市涪城区东辰国际学校 2014 级 40 班。指导老师：肖世清）

我是魔鬼

曹慧英

我是魔鬼
天天掠夺好诗吃
那流着脑汁的文字
常常使我狂喜

我是魔鬼
宁愿天天吃破肚皮
因为字字珠玑里
有神的真谛

我是魔鬼
吸收着前人的血液
用白纸黑字写出
自己真实的悲喜

（曹慧英：河北省黄骅市苗庄小学初中三年级）

数　学

柯文铮

我翻开了高一的数学
心就开始在区间内游荡
思绪在二次函数的图像上翻飞
而我的手呢
拿着笔帮助方程兄弟
坐在平衡的跷板上

曾经与绝对值难舍难分的 a
如今一目了然
往昔那孤独的函数
带着它的家族向我走来

而我呢

就用手中的笔劈开

一道道梦想路上的荆棘

（柯文铮：浙江临海市回浦中学高一）

红 月

张 鸿

少女哭红的鼻子
是今晚的月亮
她的睫毛
遮住月的光芒

几粒米珠偷放光彩
夺走属于她今夜的美丽

黑夜黑成粉末
从天上掉落
地也黑
路也黑

红红的月高挂
却红不了夜
红的血
流的泪

黑的牙齿撕裂圆月
流下红色的光
染红了路灯
人停止前行
人幻想黎明

同样的光
今夜为什么而红

是少女的心事
还是我的眼

你看见的光
是否来自同一个地方
你看见的我
是否是同一个我

（张鸿：广东省佛山市三水实验中学）

走一步，再走一步

黄妍慧

夕阳再走一步是星空，
星空再走一步是黎明。
走一步，再走一步，
世界就从黑暗走向光明。

云朵再走一步是大雨，
大雨再走一步是阳光。
乌云再走一步或许会是暴雨，
暴雨再走一步可能就是彩虹。

守初心之路，
第一步往往就满是荆棘。
于是就没了下一步，

于是就忘了路。

路尽天绝处，
不妨尝试再走一步，
晨昏交替，
终只剩那最后一步。

（黄妍慧：惠州市第一中学初一 15 班。指导老师：练文婷）

高 中

聂瑜蕙

卷子堆满时间

挤占了孩童般的笑脸

偶尔抬头，目光倚着窗边

发现，阴霾也是一种语言

没有阳光的日子里

思绪追逐温暖

多想回到从前

左手天真、右手无邪的贪婪

晚间，自习是一种盘点

盘点课件也盘点疲倦不堪

偷一下懒，脸贴在桌面

关闭双眼，打盹微鼾

浅浅地睡去，让梦自由落体
咖啡的醇香，在身边弥漫
还有风一样的试卷
成了我的翅膀
我遨游在风光的深处
衔着霞光的灿烂

（聂瑜蕙：河北省实验中学高二 13 班）

美　好

张芷月

掬一缕美好，
安放在一个快乐、幸福的角落。
然后沉淀在时间的海洋中，
让它静静地开花，结果。
待时机成熟，
我就把它拿出来，
放进我的生活。

（张芷月：西南大学附属中学初二）

114

时间是个画家

赵泽溪

它在哥哥的脸上画上了
黑黑的胡须
让哥哥变得像爸爸一样
成熟稳重

它把姐姐可爱的短发
画成了飘逸的长发
让姐姐变得像妈妈一样
美丽大方

它还把我的小狗狗
画成了凶神恶煞的大狗
唉，时间可真是个
调皮的画家

（赵泽溪：陕西省宝鸡市高新中学七年级2班）

红 笔

洪瑞霖

我
是一支很普通的笔
红色的

我生命是有限的
几年，或者
几天

有人利用我在一张张写满字迹的纸上
批出对与错

直到我生命的尽头
他们把我丢进垃圾桶

我尽可能地睁开眼

看着一张张卷子上正在飞舞的血迹

看着一个个拿着卷子的孩子

那颗哭泣的心

（洪瑞霖：辽宁省辽阳市第五中学七年级 5 班）

把梦想交给笔尖

杨 悦

数字里隐藏的奥秘
在等着我们挖掘
田字格里的一笔一画
在等着我们深究

梦想
一个多么遥不可及的词语
在纸上沙沙作响
像汽车奔腾一样
让它在纸上创造希望

我想把梦想交给笔尖

（杨悦：廊坊市第二中学八年级3班。指导老师：杨西广）

第四辑　横渡时光的船

我的童年被埋在一场雪里

陈梓龙

这场雪，曾被封存在雪花膏里
儿时被母亲用来滋润我的脸庞
七岁那年，不再用。我的雪也就化了
后来尘土掩埋了装雪的盒子
几只长脚蜘蛛，坐在上面缝织岁月

父亲的头发变白，已是八年后
和它一起白的，还有庄稼地里的苞谷
它的白胡须静静飘在空中
跌跌撞撞，像极了爷爷拿着锄头的背影
再后来，月光下烧水的背影，也愈发像他父亲

等这场雪啊，已经整整八年

在北国初见它的第一眼，我就得了雪盲症

我跟妹妹借来雪锄，在地里翻来翻去

只有我知道，我的童年被它埋了。没有生平

也无人像我这般，有谁曾把它记住

（陈梓龙：四川省遂宁市第七中学高一5班）

出 走

章译双

我一定要在涨潮的月圆之夜出走，
放我走吧。

走时带上衣啊，
一件深衣，一件唐装，一件旗袍；
不是因为我有情怀，
而是因为我要端正竖起的衣领。

走时带上食啊，
一瓶酒足矣；
不是因为酒能助兴，
也不是因为酒能解愁，
而是因为酒能交友；

从一撮狐朋狗友，
挑一个苦行僧，一个吉他手，
助我下酒。

走时带上路啊，
太阳直射北回归线，
我苦熬过十三小时十三分钟的白昼，
往前走，
我看见贝加尔湖畔的苏子卿，
伍子胥手里握着长鞭，
范喜良头上悬着一块长城砖，
阿盖嘴角有一滴孔雀胆。
看不见，

是江水皱如长衫或老妇，
晚霞艳如彼岸或妖狐。

我看见遣词造句的人们和我，
信手只画云相逐，
了然，
自得欢喜，不得悲吟
我爱上出走，
因为我试图，
把我的角色设定成，只是路过

（章译双：四川省彭州中学高 2015 级 11 班）

挫 骨

李 婷

她见过火葬场上空的青烟

后来颇为自豪地跟我描述起

人言是真的　一团青烟袅袅

下班骑车经过

总是心惊

烧一把火扬一抔灰　难以再见

树木青葱拔地而起

在一方黑暗里再不睁眼

（李婷：浙江省海宁市高级中学）

126

给文人的诗

孟安然

是一支带露沾香的墨笔所写的
那些清风明月
是一隅长夜孤灯的陋室所抒的
那种啸傲风骨

你们长歌的河山
有着苍苍蒹葭伊人的羞语
有着青崖白鹿挚情的呼唤
有着洛阳长安清越的风仪
每个足印都留下浩浩天地的苍悠
春风夏雨秋霜冬雪各自极尽温柔

你们流连的爱意

或藏在她撩撩绕绕的水袖
或栖在她发端的纤巧簪钗
像那离了梧桐便悲号的凤凰
又似桃花灼灼间明丽的春光
本想饮江湖一杯酒
却念着人间四月天

而你们追寻的运命，到后来——
侠骨的香
散放在血迹斑驳的道路旁
家国的怀
映照在开谢升沉的花月上
三十功名和八千里路的日月风尘

刹那远去不见

且抛俗世

甩袖向苍穹

你们

携风月入墨

以光阴作笺

遐思着六道轮回的因果

评说着千百年来的功过

文人

（孟安然：首都师范大学附属中学 高二 2 班）

故 乡

周雨馨

倚在窗前
眺望远方的故乡
是谁的面容
沧桑了时光

巷子里谁在吟唱
举头望明月
低头思故乡
还带着淡淡忧伤

在外漂泊的游子啊
是否又想起故乡淡淡的桂花香
却只能把心事藏在心头上

把思念寄给月亮

抿一口清酒
却带来了惆怅
听闻家乡变了模样
泪又无休止地流淌

（周雨馨：贵州省纳雍县第二中学九年级 20 班。指导老师：罗丹阳）

横渡时光的船

孙小小

就让小小的身体吸纳风暴
再锋利的刀子也切不开她的外壳

凋零在地的花朵:
你何必再惧怕高处,深陷的勒索?

做一艘横渡时光的船吧
心永远是笑着的
生长太阳,生长月亮

（孙小小：河北省海兴县二中八年级2班）

苦难汤

王诗婷

我是绝症病患
是孤舟上的非法移民
要是你关心草木
我就是一株濒临枯死的树

您看，我是所有苦难与
将人冻伤的夜晚
是暗处与暗处的交接
是被人密谋着遗忘的日子

厨娘在锅里放了黄芪
枸杞，半只哑巴公鸡
还有一条胃溃疡的鲤鱼

与法官的一只眼睛

最后，我纵身一跃
跳进锅里

Monsieur
这是您点的苦难汤

（王诗婷：上海市宜川中学高二8班）

距　离

罗伟志

时间，一直向前走
没有尽头，只有路口
忘不了曾经
把握不住现在
拿什么去憧憬未来

我们之间
隔的不是一个望川
而是青春由始至终的年华
为你擦过的泪
早已风干于掌心
为你流过的泪
完整地存留于胸膛

你说过的陪伴与温暖
仍然停留于笔墨

星光灿烂的夜晚
任微风轻抚脸颊
你不会看到我仰望天空的孤独
也看不到我转身后落寞的背影
我知道，我的微笑或眼泪
你从来都不懂

（罗伟志：湖南省隆回县第二中学默深文学社。指导老师：刘剑）

屋子里

邹萌萌

过年的时候剪着白色的窗花

窗花被扔在了垃圾桶

与一块块破碎的核桃壳

我吃着核桃

看隔壁的男孩放着一个个鞭炮

我做着寒假作业

等夜色爬上

出现那一轮月亮

（邹萌萌：慈溪职业高级中学高一）

尘

——致至交

漆 悦

风扬起的是一阵尘土，
似我们游荡在某个微风含着细雨的午后，
声响——是在刀尖上跳舞的哀鸣。
贩卖了梦想，以抵达——梦之地。

故人踟蹰在沙漠，
驼铃把他的讯息带向远方，
渐远渐离，
我站在城头，再也等不到你的回信。

你可见着了，
在瀚海中静默挪步的客旅，

等待绿洲的喜讯，

像等待一个注定不归的离人，

如我等你。

夹着沙粒的风是否令你难以忍受，

在无边的苍茫中，你又可曾想起：

江南，微风拂面，花前柳荫，月下交盏。

我无幸直面荒漠，却幻想过，

伫立在无边之中，你的寂寞。

我知晓你的向往，也感动于你的坚持，

你为了更近的抵达，赶上了最后一队商旅，

行囊尚未准备好，便和着孤独，向你美好的幻想，

与我擦肩而过。

我呢，

只能等待下一班航船，

打探它的消息，祈祷它的临幸。

即使有前行的勇气，却被拒绝了——

最终我停了，在原地，

为前方，准备干粮，衣裳，和谦卑的灵魂——

为不知能否前往的前方。

我羡你，可，我仍想问一句——

如今可有人与你共语，

可有人，与你，同样向往一片无垠

另一种苍茫，另一种终极？

可有人，

同我般寄你山间之清风，

或同你回我皓月悬长空？

风月同僚。
没有，我们都仍未见着。

我在江南等你的讯息，
如同你当年写下关于江南的守望。
我们共谈的文字藏了匣，下了锁，落了灰，
可谁叫我们，各自把它偷藏，
不愿打开，徒当回忆。

你不再，不愿再回到江南，甚至不愿提起，
像成了帝王的人抹去他的曾经——
曾经的不堪，或是艰难，或是温柔的低吟。
统统不让人提，只赐予自己，夜深时，偶然想起——
那时如水色温柔，如江流放旷的一支笔。

我们是否会重逢在极北之地，
还是注定只能就此——
你跋涉在荒漠，指着启明星说，那是北方；
我心一路向北，身伫原地，说些干瘪的话语：
"此去千里无故人，来去皆孤身。
此去万年未皈依，生死由宿命。"

风扬起的满面尘土，
是注定，
是我们无法勘测却真实存在的，
像尘一样，像尘一样被扬起，像尘一样被湮没。
像尘一样的我们，逐渐沉默在黄土里，
连同当年，连同如今。

一想，
当是生时，难料世事，
便如走马观灯，
草率便决定了，
如死一般可爱的生辰。
早一点，遇见人流，溯流而上，不置一语；
晚一点，随风流浪，自归去，自饮罢。
而此刻，唯一庆幸的，便是遇见你。
耗尽了我余生所有的幸运。
当时已料到如今，当时却仍不舍当时。

所有人，包括你我，
死亡在对未来祈望，

对现实忍耐，

屈服于命运的亵玩。

当一切都结束后，我们还剩下什么？

还剩下，满面的尘灰，被顺理成章地，

由矛盾的客体和世人的妄断构建起一切。

我不断地呼喊，终于，发出了如在刀尖跳舞的悲鸣——

像汽车急刹车时的噪音，

令旁人纷纷捂住了耳朵。

（漆悦：浙江省嘉兴高级中学 高一1班）

初　秋

邢天齐

午后，散步
穿过重叠古旧的楼房
来到太阳跟前
我们面对面坐下

大地被烤得炙热
浮起一股热浪忽地拥抱住我
远处的轻云像是飞卷的风
轻薄如纱

从未见过如此蔚蓝的天空
阳光穿透，刺痛我的双眼
云前面歇息着一只鸟

在风的吹拂下隐入云间

昨夜的树闪耀着今日的光辉
街边无人
蝉躲在树的庇荫下做最后的嘶鸣
仿佛只是为了跟夏天说声再见

（邢天齐：山东师范大学附属中学高二24班）

渔 船

刘符睿娜

夜晚，绿光被河水浸泡得越来越浅
三桥扶着我的手臂，它看见
影子把几艘渔船肆意地钉在江面上
它们会不会痛呢？

我不知道
也许它们只是被主人丢弃了吧
离开时
我忽然想起那些
像这几艘渔船一样的物品
像这几艘渔船一样的人

（刘符睿娜：钦州市外国语学校九年级 11 班）

秋 风

王近松

不知是柳树招摇，还是风

每一个拔节的声响，都像是生命在挣扎

沙沙作响的叶子，似乎像在告慰逝者

巷里犬吠，院里叶落

明日起，桂花可在？

夜里从窗吹进来的风，停在肌肤上

是凉的，吹进心里就变得苦涩

它，扫着大地

扫过之处，尽是凄凉

（王近松：贵州省毕节市威宁县第八中学。指导老师：马璐）

今夜写出最哀伤的诗句

——于聂鲁达祭日

吴宛鸿

今夜写出最哀伤的诗句

如你是倚身肃穆的难以辨认

你是盛着海浪的安第斯山脉

翻滚成白雪茫茫

邮筒的舌头伸长至教堂门前

行人歌颂一簇空无可见的烈焰

世纪的星辰便逐一复苏

秋天里你倒下　你是独此一物

我们需就此抚摸你红色的鬃毛

而后躲进厨房或被窝

你奔向的原野没有一粒麦子

风中的心脏为平等升起又落下

今夜即使无人为你哭泣

辽阔的夜却为你永生

人们身上缠绕酒精或柠檬

吐出的爱意正浓会磨平裸露的手指

你的灵魂潮湿而你的头颅鼓胀

假如有人此时口衔玫瑰

于今夜写出最哀伤的诗句

（吴宛鸿：上海市复旦大学附属中学高二 2 班）

爬山虎的秋

刘存豫

爬山虎的秋
是醉人的秋

喝足了秋风酿制的甜酒
爬山虎的脸
在浓醉中红透

他步履蹒跚地继续往上爬
一个趔趄
醉倒在墙头

（刘存豫：江西省瑞金市第四中学初二年级。指导老师：钟秀华）

第五辑　记忆的残片没有离开枝丫

枫 花

陈釜多

　　四月的下旬，谷雨之后，大地上空现出一片氤氲。红日东升，大雾消散，化为露水。我在大沙场，寻找一棵郁郁葱葱的大树。

　　我在沙场的边缘，寻到一棵枫树，那枫树主干倾斜，远处的旗杆立于一旁，显得很凌乱。它的主体是枯藤，留下了时代的烙印，树梢有子弹掠过的印痕，主干有烧焦的黑质，已经露出了年轮。我想就这棵残枝枯叶的树有什么用？

　　那日走后，不再回首。数日，我又走过此处，那树却正芬芳。那枫树，用它那无声的语言，诠释着对生命的渴望。它已开出了花朵，枫花是何等美丽。

　　绿色的小花，绽放着，似碧玉；嫩绿的小叶，如春水，小块流淌。

当我第三次走到那儿时，有如万春小草生长，它已经向火焰的生命迈进。我向那枫花虔诚致敬。

我不敢想象它凋落后的样子，但我知道，它是碧绿向绯红的开始。它是意义的开始，它用它的芳香和热情解读我们的去留。

（陈釜多：内蒙古兴安盟科尔沁右翼中旗巴彦呼舒镇中学九年级7班）

曲江南

刘一阳

烟雨溢云水墨愁，青帘渔火映西楼。最美江山花浸月，粉墙黛瓦瑶池羞。

粉墙黛瓦，烟雨朦胧。绘就了属于江南的古老画卷。似乎江南的一山一水，一草一木，一砖一瓦都融进了这特有的悠然。江南是一部曲，弹奏了千载，却终究没有人能够逃出它的朦胧意蕴，或许，能拜倒在江南的青石路上，也是一种诗意的幸福。

江南是一部乐声悠扬的曲。我们在粉墙黛瓦间歌唱着清幽与喧嚣。江南，唯有放开胸怀，用心灵去感受，才能懂得它的喜怒哀乐，才能享受它的悠然快意。所以，终是各种乐器点拨了江南的大半山水，让最纯净的声音在这山水草木中得到最宁静的释放。

江南是一部曲。墨客骚人弹奏的是诗意江南，王侯将相弹奏的是惬意江南。而江南的山山水水，花花草草，也在这一方世界中争相绽放着美丽与自然，淳朴与厚重，悠久与执着。人们游走在粉墙黛瓦间，草木山水散布在昼夜交替的天地间。宫商角徵羽，心与自然的交融，凝聚了江南宽宏厚重的文化，构成了江南醉人身心的美丽，流出了江南宁静致远的性情。

梦中霏雨，花落江南。若清辉懵懂，仅与夜郎浓。

是文人墨客成就了江南，还是这一川烟雨淋就了千载美谈？

曲江南，曲尽江南美景；忆江南，忆完江南乐声。

江南的乐声最常出现的有二胡声。

蒙古包、轱辘车、风吹草低见牛羊的大草原注定了是马头琴的摇篮；信天游、红高粱、大风起兮云飞扬的黄土高坡天生是唢呐的世界；而杨柳岸、乌篷船、小桥流水绕人家的江南则永远是二胡生生不息的磁场。二胡之于江南，恰如杏花雨之于江南一般的诗意和绵长。只是我们不知那当初的当初，是江南选择了二胡，还是二胡选择了江南。

二胡，是江南的精灵，是江南的血脉，是江南的魂魄。

我爱江南，这个美丽的地方。

（刘一阳：湖南省隆回县第二中学默深文学社。指导老师：刘剑）

樱 花

周宏历

　　樱花，梦幻般的美名，一听甚好。我曾被樱花吸引，小巧玲珑的花朵，如初生稚嫩的婴儿，茭白吐玉，吹弹可破。

　　走在深山林间的小道上，排排樱花如童话般呈现在我眼前，好一个花满人间。

　　远方吹来一阵微风。清新的味道，随风扬起。随后，下起了一场樱花雨。芳菲，而不失恬淡；优雅，而不失内涵。

　　曾经在一场朦胧的睡梦里，知晓樱花凋零之美，她完成了自己的历程，终飘到泥土里，牺牲了自己，给予了其他植物养分。我伸出双手接住从空中缓慢下落的樱花，放在手心里，感悟人生的淳朴与满足。

（周宏历：四川省犍为外校 2020 届 2 班。指导老师：张玲）

归　途

么天宇

他迷路了。

没有群星装点天空，他的脚下是繁茂的草丛。高大的树木狂野地生长着，黑夜里没有绿色，他的眼中没有方向。野性的哞叫刺痛他的耳，恶意的嘶吼想要剥开他的皮囊，他只得奔跑，他想去安全的地方，他的脚踏之处荒草丛生，枯黄连成圈，又蜿蜒出了曲线，但他还是跌倒了，在一棵树旁，野兽们闻到了血液的芳香。

粗壮的根须将他举起，他起身迈向高悬的栈道，他终于有了前方，拼命地驱动双腿，似乎下一秒就是死亡。熊熊火焰从后方燃起，电闪雷鸣之中大雨在和火蛇搏斗，尖尖的蛇芯无数次伸出又缩回。他已不再畏惧这些。汗水洒在木头上，道路就越来越长，两旁生出巨石，轰轰隆隆掉在地上，直到他奔跑之路已是坦途。

他终于累了。回首前路，已是风和日丽，然而他并没有歇息的时间，因为当他环顾四周，路早已不止一条。

道路交汇于他的脚下，他看到高耸的城楼立在一条路上，又看见另一条路通向水天一色的海洋，眼花缭乱之际，一片六角形的雪花吸引了他，他毫不犹豫地从雪山滑下。

冲破大风雪，滑向那片纯白。冰雪被他融化，又湿润了他疲惫的身躯，他在雪中堆起了城堡，又和雪人一起舞蹈，但他周遭的一切，只有雪，他望了望天空，他再度迷茫……

一束光一直在他头上。顿时，他眼前的世界变为灰色，天空、大地开始旋转，饭从胃里上涌，他终于清楚地看到，所有的路都指向乙方。纵使险过万重山峦，纵使窄过羊肠小道，纵使破碎不堪、崎岖不平，他仍起身奔向光芒。

　　那是超越想象的没有一滴眼泪的地方，如此幸福，令他心旷神怡，如此美丽，让他潸然泪下。

　　他找到了。

（么天宇：丰南区第二中学高三 11 班。指导老师：王桂元）

离 别

王忠钰

叶落无声的秋天，望月怀远。

渔阳的动地鼙鼓断了燕舞莺歌的好梦，马嵬驿变。

泪雨齐流，铃兀自敲着内心烦忧。没有归期，正是离别的意义。

闻雨中銮铃，雨想《雨霖铃》，离愁漫卷已是秋风寒。

记忆的残片没有离开枝丫，忧伤禁锢了经年的期盼，孑然孤独于人世。

素笺牵挂，写尽相思的家书，不为殷洪乔之流所误，不为烽火三月乱所阻。

何年何月可达？所以古时，要离开了就要认真告别，因为不知道什么时候，才会回来。

（王忠钰：临沂第四中学高中二年级一部 3 班）

生命的姿态

王雨葭

　　荷塘里，满眼的碧绵延不绝。

　　一株耀眼的红莲亭亭玉立。

　　她的脸庞是欲燃的焰火吗？她的身姿是艺术家的杰作吗？满塘的荷叶即使绿得再鲜亮，此时似乎也静默地垂下了眸。

　　蝉聒噪的叫声忽然弱了。

　　雨点大颗大颗地砸下来，那株耀眼的红莲娇艳欲滴的花瓣被暴雨打落在塘中，凋残的红色疼痛地绻作一片，而那暴雨倾盆，却也只是在坚韧的荷叶上聚了些流转无力的水珠，静静地流泻下来，滴入塘中，同那落红一道……

　　人生在世，也许不如意的事情太多，身旁总是充斥着别人耀眼的光芒，自己黯淡得像一颗沉睡的星星……

泰戈尔曾说："使生如夏花之绚烂。"这真是一句美丽的诗，然而生活却不是一首安宁的诗，像荷叶那样，朴素、静默、坚韧地活着，无畏风雨，不惧欺压，不也是一种淡雅、清丽之美吗？

　　我愿如一朵碧荷，安静、坚韧地活着，伫立于天地之间，站成最美的姿态，站成生命的永恒。

（王雨葭：四川省南充高级中学）

游水都

任源好

　　寒雨还未落下，几声鹊鸣从近处稀疏的杨柳树上传来。

　　身居蓉城却不知蓉城还有这份秀丽，素来只知都江堰只是引流岷江水罢了，可身置于此，惊叹纸上得来终觉浅。

　　似玉的枝叶还带着晨露，数朵或红或紫的花羞涩在石砌的坛里。眺而远望，几处人家已生了炊烟，招揽着前来游玩的人。玉米饼在沸腾的油锅里刺啦作响，金黄时便被店家捞起，包上薄薄的牛皮纸。惹人瞩目的当然不止这简简单单的玉米饼，鲜红如火的糖葫芦，也在小贩的叫卖声里吸引着俊男靓女。

　　相比许多人走的那车水马龙、熙熙攘攘的古城巷道，我更喜于独辟幽径。绕塘而行，瞥见的是那一尾尾的朱如血、玄若石的锦鲤。我不能如庄子那般与友人讨论这鱼是否愉快，只是知道这悠然而行的鱼儿，使得这无人的朱舫亭倒也有了些生气。

踱步清溪阁，除了水花激荡的湍流，更惹我不愿走开的，是那些小巧玲珑的盆栽，有的若卧龙伏水，有的如闺中豆蔻莞尔一笑……

（任源好：成都美视国际学校 2015 级 1 班）

快来寄诗给我们吧!!!

投稿邮箱：xxskzxs@126.com

快来寄诗给我们吧!!!

投稿邮箱：xxskzxs@126.com